JN290291

ハイヒール

Sora Kaibara
海原爽羅

文芸社

ハイヒール

あわただしく過ぎていく朝の貴重な時間が、半開きの瞼をした、歯ブラシをくわえたままのだらしない顔をうつしている鏡の中だけは、特別な時間の刻み方をしている。テレビから聞こえてくる音は、一方の耳から入ってくると、脳になど寄り道もせずに、もう一方の耳からそのまま出ていってしまう。

いつものように、洗面所でまったりとしていると、一つのニュースがどこにも寄り道をせず頭の中にとびこんできた。

宮本元議員が亡くなった。

私の脳はのらりくらりと起き出した。口をゆすぐのもそこそこに急いで居間に戻ってテレビのボリュームをあげた。戻った時に、宮本元議員の自宅前が映し出されていたが、すぐに次のニュースに変わってしまった。

あの門構え、立派なアプローチ、宮本元議員。私の中に、とても懐かしく、そして鬱陶しい、背のびばかりしていたあの頃がよみがえってきた。

高校生活の新鮮味も薄れ、他に何か楽しいことはないかと模索しはじめた頃、クラスメートからパーティの誘いをうけた。

「あかねも来るから、一緒に来たらいいじゃない。すっごく楽しいよ。いろんな学校の子たちが来るの。みんな、おしゃれでね。ね、行こうよ」

「う……ん」

〈パーティって何だろう。どんなのだろう。でも、一度行ってみたかったんだよな〉

想像するだけで、ワクワクしてくる。テレビで見るパーティは、男も女も華やかに着飾って、おいしそうなものを食べたり、飲んだりしている。

「ねえ、あざみ？　男のレベルだって高いよ～。金持ちだしね」

「そ……う」

行ってはみたいが、私の親が夜の外出を許すはずがないので、行くならうまい言い訳が必要だ。夜の外出はたまにしかできないから、こんなことで言い訳を一つ使ってしまうと、どうしても出かけたいときに出かけられなくなってしまう。

「あざみってば！　一度来てごらんよ。ね、ね。行くでしょ？」

「う……ん。何時からなの？」

「三時からだよ」

三時からなら、親もとやかく言わないだろう。もう、迷うことはない。

「じゃ、行こうかな」

「じゃ、約束だからね」

私はあかねの教室に向かった。

あかねは掃除当番で、踊りながら、床にモップがけをしていた。

「あかね！」

「よっ！　あざみ。一緒に帰る？」

あかねの家は、沿線こそ違うものの、私の家と同じ市内にある。そのためか、あまり、隔たりを感じることのない数少ない友達だ。だからといって、私はあかねといつも一緒にいるわけではない。

「うん。もう終わる？」

「終わるよ。廊下のベンチで待っててよ」

「わかった」


校門から出て、私はすぐに切り出した。

「ねえ、さおりからパーティに誘われたんだけど、あかね行くんでしょ？」

「あ、行く行く。六本木のやつでしょ。あざみ、行くなら嬉しいな。一緒に行こうよ。五だったよね」

「ああ、五千円だっけ？　行くとは言ったんだけど……」

私は、心の中では行くと決めていたが、本当は行かない方が良いような要因があるのではないかと、頭のどこかで疑っていた。さおりが、「楽しいよ！」と言ったところで、到底信用できない。あかねの口から、実際はどんな感じなのか、やばいことはないのか、聞きたかったのだ。

「私、はじめてなんだけどさ……」

「大丈夫、大丈夫。友達も増えるし、楽しいから。夜、一人でクラブ行くよりも、ずっと安全、安心。周りは、みんな高校生だしね」

あかねの口から、「大丈夫、楽しいよ」と聞けたので、頭の隅にあった霧もすっかり晴れた。

「じゃあ、一緒に行こう？」

「よし、決まりー！」

「でもさ、どんな服着ていけばいいの？　私、服持ってないよ」

「普通、普通。カジュアルだよ」

パーティと聞くと、フォーマルを考えてしまう私はやっぱり時代錯誤の田舎者だ。

「あかね、何着ていくの？」

「デニムのミニスカにブーツかな」

〈へえ、本当にラフなのね〉


私の家はもともと裕福ではないので、小さい頃から自分が本当に気に入ったものなど買ってくれたことはなかった。というより、親の気に入ったもの――つまり、値段が優先される――しか、買ってもらえなかった気がする。

私立の進学高校に入学した私はカルチャーショックを受けるほどだった。同級生の腕に光るのはロレックスやオメガの時計。大体、私はこの時までそんな名前の時計、聞いたこともなかった。

洋服もそうだ。私服で会ってみれば、見たこともないような、おしゃれな服を身にまとっている。

ブランドものの服や小物は、私に向けて眩い光を放っていた。

学校から帰る時、下りの電車に乗るのは少数、ほとんどが都心に向かって帰っていく。もちろん、私は下りの電車で帰っていた。皆、都心に住み、高級品を身にまとう、そんな、羨ましい生活をしているお嬢様たちだった。

服を買うのは無理でも、雑誌ならお小遣いで買うことができたので、月に二度くらいはファッション雑誌を買って学校に持っていき、友達と読みあさっていた。友達というより、クラスメートと言った方がいいかもしれない。

学校に制服があって本当に良かった。

結局、私はあかねと似たり寄ったりの格好をして、六本木に向かった。

六本木なんて来るのは、生まれて初めてだ。中学生の時に、すごく安いテニスショップを原宿に見つけたから一緒にガット張りに行こうと友達に誘われたが、親に「原宿なんて行っては駄目！」と大目玉をくらったことがある。今、私が六本木にいるなんて知ったら、帰ってからの説教は免れないだろう。

駅であかねに会うと、二人で会場のクラブへ向かった。

そのクラブは駅から歩いて二十分くらいの場所にある。二十分というと、かなり遠い気もするが、あかねに連れられて、途中にあるお店に寄り道しながら行ったので、自分が六本木にいるということを体中に感じながら、目的地に到着するまで十分に楽しむことができた。

会場の入り口は小さく暗く、知っている人でなければ来られそうもないところだった。看板も出ておらず、小さなシャレた表札がビルの壁にくっついているだけだった。

階段を降りていくと、音楽が聞こえてきた。階段の終わりに近付いたときには、聞こえるというより、お腹の中まで響いていた。

受付を済ませ、あかねにくっつくようにしてどんどん奥へと進んだ。

「キャー、あかねちゃん。久しぶり〜〜」

暗闇の向こうから音楽に埋もれた声がした。

「おー！　元気だった？」

あかねが答えた。私は後ろから様子をうかがった。知らない人だ。当たり前だが、ほとんど全員見知らぬ人である。

「友達のあざみ。よろしく」

急に紹介されて、あわてて首を傾げて挨拶をした。

派手めの化粧に、黒のシンプルなキャミソールを着ている。首には、銀色の短めのネックレスがしてある。髪をかきあげた手の爪は、ネイルアートが施してありキラキラと光っていた。腰から下にはどんな服を着ているのか、とても気になったが、会場はすし詰め状態で胸から上しか見えない。とにかく、とても、高校生には見えない。

「じゃ、後でね～」

音楽があまりにうるさいので、皆、叫ぶようにして会話していた。あかねは、また別の人と話をはじめた。

「私、飲み物とってくるよ」

私は、あかねの耳元にそう叫び、人をかき分けるようにしてバーカウンターへ向かった。

「ジントニック二つ」

飲み物を注文して、後ろの人込みをふり返ると、男の子が声をかけてきた。

「見ない顔だね。誰関係？」

「さおりから誘われた。あかねと来たんだ」

「関女のさおりか？」

「うん、そうだよ」

「じゃあ、君も関女？」

「うん、そう」

ジントニックを抱えてあかねのいる方へ向かう。男の子はついてくる。

「いつも、来てる？」

「はじめて」

かなりのイケ面である。でも、私の彼氏といい勝負。

男の子は勝手に自己紹介をはじめた。有名私立校のおぼっちゃんだ。適当に聞き流していると、どこからともなく、さおりが現れた。

「ハイ、あざみ。つよし、もうナンパしてたの〜？　ほんと、早いよね。あざみ、かわいいでしょ」

「おう、かわいいよな。あざみちゃんっていうんだ。さおり、余計なこと吹き込むなよな」

「そろそろ、あっち行かないと」

さおりは、つよしの腕に自分の腕をからめた。

「そうだな。あ、あざみちゃん、あっちのヴィップにいるから、来てね〜」

つよしは、ニッコリと微笑み、手を振って人込みの奥に消えていった。

〈これくらいなら、軽くいけるな。とりあえず、いただいとくかな。エルメスのスカーフくらいなら、買ってやってもいいや〉

〈君の汚い心の声、君の軽～い心の声、聞こえてんだよ。おもしろいじゃん。つき合ってやるよ、そのゲーム〉

自分には特別な力があると信じて疑わなかったので、私はかなり強気だった。それに、実際に試したくてウズウズしていた。

つよしはさおりの熱い心と一緒に奥のヴィップルームに消えた。

「何、あざみ、ナンパされてたの？　やるぅ」

いきなり、あかねに冷やかされた。

「そんなんじゃないよ。勝手についてきたんだよ」

「あれ、スタッフだよ」

それから、あかねは声をひそめて耳元でささやいた。

「でも、あざみの彼氏の方が格好いいね」

生まれて初めて人から怒られることに恐怖を覚えたのは幼稚園に通っていた頃。今でも、よく覚えている。

四歳になるあさだなおきくんは、とても活発で運動の得意な子供だ。内気で病気がちだった当時の私の憧れの彼だ。もう一人、ふじいゆめちゃん、四歳、にも憧れていた。目がパッチリしていてまつ毛なんかクルンと上を向いている、とっても可愛い女の子だ。

なおきくんとゆめちゃんはとても仲良しで、よく一緒に幼稚園の庭で遊んでいた。

でも、その日は、ゆめちゃんに一緒に遊ぼうと手をひかれて、私も一緒に外へ出た。園舎から飛び出して、園庭のちょうど真ん中にそびえ立つ大きな木を通り過ぎて幼稚園の門のところまで行った。そこには、なおきくんが待っていた。

「なおきくん、はじめるよ！」

ゆめちゃんは、なおきくんと私を仕切るように言った。

「じゃあ、あざみちゃんはここに立って。う～んと、両手を広げて」

ゆめちゃんは、私を門に押し付けると、私の両腕をつかんで持ち上げるようにして広げた。内気に加えて無口な私は、言われるがまま、されるがままだ。

悪いことをしていないのに、自分の意思に反してこんな格好をしていると、気分は落ち込み自分の存在を否定されているような気持ちになってくる。まだ三歳だった私は、一生懸命、湧きあがってくる涙をこらえて、磔《はりつけ》の刑に処せられる極悪人の気分を味わった。

〈なんにもわるいことしてないのに〉

言葉はちょっと違うかもしれないが、確かにそんなふうに感じた。ゆめちゃんは続けた。

「なおきくんが、あざみちゃんをいじめるの」

頭の中はもうパニック状態だ。なおきくんにいじめられるなんて、最悪の事態である。悲しすぎる。涙の泉はすごい勢いで湧き出す準備が整った。悲しいドラマはまだまだ続いた。

「それで、私がなおきくんとたたかう！」

二人の格闘シーンが始まった。私は、まだ磔にされている。腕が疲れてきた。でも、手を下ろしたら、もう遊んでくれないかもしれない、と思うと、どうしても手を下ろすことができなかった。実際、磔の格好でずっと立っていた。

「みんな〜！　お部屋にはいってくださ〜い！」

先生の声がした。三人で一斉に教室の方を振り返った。園庭の真ん中にある大きな木が視界をさえぎっている。園舎の方を眺めていると、ゆめちゃんが、何も言わずに教室の方へ走り出した。なおきくんも、続いた。私は我に返って、一生懸命二人を追いかけた。ゆめちゃんとなおきくんは後ろを振り返りもせず一目散に教室へ入ってしまった。かけっこが大の苦手だった私は、二人からかなり遅れて教室に入った。

みんな席についていた。先生の顔には、〈ほんと、どんくさいわね〉と書いてあった。先生のそんな顔を見て、私はただ畏縮した。

〈私は、先生が大好きなゆめちゃんの言う通りにしていただけなのに、私だけが先生から嫌がられている〉

幼稚園から帰って、その日のことを母親に一生懸命話す子供ではなかった。幼稚園の先生が恐くなったとき、幼稚園に行くのが嫌で嫌で仕方なかったけれども、それを言葉にすることはできなかった。

次の日、幼稚園バスに乗るのをかたくなに拒否して、バスの入り口で大暴れしたが、抵抗むなしく、母親とバスに乗ってきた先生に無理矢理押し込まれて、泣きながら幼稚園に連れていかれた。

私は、自分だけ怒られることがすごく恐くなった。

小学生になると、皆と同じようにすることに専念した。もう、なんでも一緒だ。洋服の着方から、文房具、流行っているものに敏感になった。

そう、〈これなら、誰からも怒られない〉という安堵感があった。それから、目立たないようにすること。教室の隅で、地味な小学校生活を送ること。人から見られていないということが私にとって最高の幸せだった。

私の中では、子供を怒るのは大人、と決まっていた。だから、大人に気に入られれば怒られることはほとんどないと思っていた。気に入られなくても、出る杭にさえならなければそれでいいのだ。はき違えて、周りの目を気にせず大人に取り入るのは、間違いである。それを、よく思わない子供はたくさんいるからだ。気に入られることと、取り入ることは全く別のことだ。

成績が悪いと、先生からチェックが入るだけではなく、親からも怒られる。どちらも嫌なので、勉強はした。小学校のテストはいつも満点か、それに近い点数だった。良い点数をとっていると大人には怒られないが、それを妬《ねた》んだり、僻《ひが》んだりするクラスメートがでてくる。そういう子たちの敵にならないようにすることも、私にとってはとても大切なことだった。

テストを返す時、全員に何も言わずに手渡す先生。これは、地味に生きていた私にはうれしい限りだった。点数がいいのか悪いのか、自分で言わなければ誰にもわからないからだ。

けれど、こういう先生ばかりではない。生徒を励ましたり、誉めたりするや

り方の先生もいる。テストを返す時に、わざわざ、

「おい、松中はなんと百点だったぞ!」

と、皆にばらしてくれたりすると、私は、心臓が止まりそうになった。


最近ではニュースに出るようなひどいいじめがあるが、その時、私の周りに、そこまでひどいいじめはなかったと思う。ニュースになるようないじめは、絶対にあってはならない。それゆえ、そういったいじめには、多少なりとも制裁がくだる。ニュースになった時点で、死傷者がでているので、当たり前といったら当たり前なのだが、少年ということを盾に、これでいいのか、と思われるような判決もある。だが、社会的な制裁はくだるのだ。大きな社会での制裁は無理でも、その事件のあった地域の小さな社会では、多少なりとも悪いことをした子供とその家族にいい目は向けない。

しかし、とても小さなことで、いじめとも認識されないが、された本人が精神的苦痛を味わうことは多々あるに違いない。

いじめられるのには、理由がある。大人にとっては、理由に値しなくても、子供にしてみたら、十分な理由になるのだ。

私がいじめに遭ったのは、小学校にあがってすぐの頃だった。私は当時のことを何となくしか覚えていない。いじめられた理由はわからない。気に入らなかったからいじめたのだろう。

何人かのグループに私は属していた。威張った女の子が一人いた。グループの中の子を順番に〝仲間はずれ〟にするのだ。授業中に、誰を何日間無視する、といった内容のメモが回ってくる。従わないと、ずっと仲間はずれ、いじめはひどくなる。

私はそのグループの中のみどりちゃんと内通していた。お互いの番になると、今度は何日間だよ、とメモを渡す。時々、無視の期間は延長されることがあった。そんなときには、泣く泣く、何日間のびた、というメモを渡した。

まだ、小さかったが、胸の中に涙があふれることもしばしばだった。

そのうち、威張った女の子に対し、〈いなくなれ、いなくなれ〉と一日中、心の中で思い続けるようになってしまった。

そして、神様は私たちに味方してくれた。それから間もなく、威張っていた女の子は引っ越してしまったのだ。すごく嬉しかった。

小学校には小さないじめはごまんとあった。私とみどりちゃんの天敵が去ったからといって、いじめがなくなるということはなかった。

成績が抜群に悪いさとしくんは、いつもひどいことをされていた。でも、さとしくんは、それをいじめとは受け取ってなかったのかもしれない。給食のパンを上履き（もちろん、トイレにもそのまま入る）で踏み付けてから食べろと言われたり、尻を出せと言われたりしていたが、いつも笑いながら、言われた通りにやっていた。他の子にできないことをしていることに満足でもしていたのだろうか。そのうち、自分からやってみせた。私は嫌悪感を隠せなかった。

その逆で、優等生ぶる優等生も嫌われた。自分は頭がいいんだ、君たちとは違うんだ、と言わんばかりに、人を小馬鹿にする。最初は誰も相手にせず、適当にあしらっているが、あっという間に、いじめられっ子になってしまった。

だから、成績の悪くなかった私は、クラスメートの前で誉められることがすごく嫌だったのだ。もう、いじめられるのは御免だった。

小学校時代に、人に恐怖心をいだいたのは、二年生か三年生、いや、四年生だったかもしれないが、とにかくその頃だ。

ガキ大将という言葉がぴったりの暴れん坊がいた。なぜか、同じ班になることが多くて、とても気が重かった。

低学年の頃には、スカートめくりが盛んに行われていた。私はそれが大嫌いだった。女の子は悲鳴をあげて逃げ回り、男の子は笑いながら追いかける。足の遅い私は必死に走った。けれど、すぐに追い付かれてしまう。「やめて、やめて」と叫んだところで、やめてくれない。スカートをめくったまま離さないのが、ガキ大将のいのうえくんだった。ふざけながら逃げる余裕があれば、また違ったのかもしれない、と今は思うが、何度も言うが私は必死だったのだ。

学年が上がると成長するもので、スカートめくりはなくなった。しかし、今度は、牛乳早飲み大会が毎日行われた。いのうえくんは体も大きく、よく食べる。給食の時間になると、最初に牛乳を一気飲みしろと班員に命令を出す。いのうえくんの命令は絶対だったので、「ヨーイドン！」の合図で六人一斉に牛乳を飲む。食が細く、食べるのも遅かった私には苦痛以外の何物でもなかった。最初に牛乳を飲み干してしまうので、食べている間は飲み物がなくなってしまうのも嫌だった。

早飲みにくわえて、飲み終わったら大きな音でゲップをする。とにかく下品だ。しかし、悪夢はやってきた。今度は全員にゲップをしろ、と命令したのだ。飲み物をたくさん飲んだ後にはゲップも出やすいが、それなしには、なかなか出ないものだ。

私は、当然のように、牛乳早飲みもビリ、ゲップも出せなかった。そうすると、いのうえくんは、給食の時間があと五分というところまで、給食を食べさせてくれないのだ。私は給食を五分で食べきれるわけもなく、いのうえくんと同じ班の間は、毎日のようにお腹をすかせて家に帰っていた。

おかげで、今では、ご飯は五分で食べ終わり、ゲップはいつでも出せるようになってしまった。牛乳は、飲み過ぎるとお腹を壊すようになった。

ガキ大将のいのうえくんは、それでもまだ、人間味のある子供だったのかもしれない。決して暴力は振るわなかったし、給食を全く食べさせないようなことはしなかった。でも、当時はそんなふうに思わなかった。威圧的な彼は、その頃の私の恐怖だったことに間違いはない。いじめられるのとは、また別の感覚だ。

関わる相手を選ばないと、嫌な思いをするということを学んだ。

中学校にあがる頃には、私にもずいぶん知恵がついていた。学校生活を楽しむ余裕さえでてきた。

思春期に入り、女の子は女の子同士、男の子は男の子同士で遊ぶようになった。しかし、これは女同士のジメジメした世界のはじまりだった。

周りの色気づいたクラスメートは、こぞって「わたしは、○○くんが好き」なんてことを言いあった。本当の恋愛感情なんてなかったんじゃないかと思う。しかし、暗黙の了解で、誰かが好きだと言った同じ男の子を好きと言ってはいけなかった。

ませた女の子たちは、周りの女の子にも、擬似恋愛を要求した。「ねえ、あなたは誰が好きなの?」と、答えるまで質問攻めだ。好きな人はいない、と言うとたちまち除け者にされる。

私も中学二年の時に、クラスメートのあやこが好きだと言っていた男子を好きなことにさせられてしまった。あやこは、私に「私はもうやめたから、応援するよぉ」などと言ってきた。別にその男子を好きだったわけではなかったが、何となく流れで周知の事実となってしまった。

私は、気にしないで学校生活を送っていた。

三年生になり、受験の季節がやってきた。私のいた学校は、そんなにレベルが高くなかったので、推薦入学枠のある高校もそれなりのレベルだった。私は中学一年から塾に通い、成績も良い方だったので、都内の私立進学校に進むことを決めていた。

そんな時、あやこたちのグループから放課後、空き教室に呼び出された。

私は、スゴスゴと、その教室までついていった。リンチだと思った。勉強ができて進学の心配もない私のことが、あやこは気に入らなかったのだ。あやこにしてみれば、私は男を譲った格下の女であるわけだから、イライラしなかったわけがないと思う。

けれど、あやこたちは、本気で殴る勇気は持っていなかった。そんなことができるほど度胸が座っていなかったし、本当の悪人になりきれなかったのだと思う。ビンタの何発かはされたが、ちっとも痛くなかった。それよりも、私のことを嫌っている人たちだけに囲まれていることの方がもっと恐ろしかった。泣かないと帰れないと思った私は嘘泣きを試みたが、涙は流れず鼻水だけが流れ出てくる。涙を流さずに鼻をすする私を見て、彼女たちは腹を抱えて笑っていた。私は下を向いて、鼻水をすすり続けた。

その日を境に、あやこは妙に馴れ馴れしくしてきた。可哀想な捨て猫をあやすかのように、ことあるごとにベタベタしてくる。ムカムカしてたまらなかった。

推薦入学試験の時期がきた。

トイレで手を洗っていたら、あやこが入ってきて、推薦入学試験に合格したのだと話しはじめた。私立高校だった。

「お母さんがね、行ってもいいって言ってくれて。受けたら受かったのよ。もう、最高に幸せだわぁ」と、どうだ、と言わんばかりに目を潤ませて、私を見る。あやこは、私より先に進路が決まったことが嬉しくて仕方ないようだった。反吐《へど》が出そうだった。

学校にいる間、あやこは、まるで、私ととても仲の良い友達であるかのようにふるまった。休日には、家にまで押し掛けてきた。

ラブレターのようなものをポストに入れられもした。母親が、卑猥《ひわい》なことが書かれた低レベルなメモ用紙を見つけてしまい、私はさんざん怒鳴りつけられた。

家にまで押し掛けて悪戯をするあやこの存在が生理的に受け付けられなくなった時、あやこの人生がぶちこわしになればいい、と強く思うようになった。

こんなふうに人に強い嫌悪感を抱くのは、小学校で仲間はずれにされた時以来だ。

ある日、トイレに行ったら、あやこが泣いていた。私を見ると、すがるように寄ってきて口を開いた。

「私、高校行けなくなっちゃった。ヒック、お母さんが、お母さんが、学費の請求書を見て、こんな高い学費払えないからやめろって。ヒック。学校に電話して断っちゃったの」

学費を今頃知るなんて、あやこの親らしい。しかも、この時期、一般受験の願書受付はほとんど終了してしまっていた。

私は、吹き出しそうだった。お腹をかかえて笑いたかった。

〈あやこは馬鹿ね。正当な理由なく、耐える者に精神的な苦痛を与え続けるのだもの。自業自得よ〉

心の底から念じれば通じるということを感じて興奮した。

小さい頃に仲間はずれにされてからというもの、私は、人が何をしようとしているのか、自分のことをどう思っているのか、何かされるのではないか、と気にしてばかりいるようになった。

人から嫌われることをすごく怖がっていた私だが、自分の中で何かが起こっていることに気付き、自分の存在価値に少しだけ自信が持てるようになった。小さな自信ではあったが、私は周りを冷静に見渡せることができるようになったのだ。今まで、閉じこもっていた私の殼はとても窮屈な小さいものだったことに、初めて気づいた。

すると、私の中にもう一つの変化が生まれた。

学校の同じ教室にいる人たちの言っていることが聞き取れるようになったの

だ。集中すれば、心の中の声まで聞こえてしまう。聞きたくないことまで聞こえてしまうので、最初はかなり戸惑ったが、自分に与えられた才能だと信じて、さらに、自分に自信がついた。

もちろん、私の人生は大いに変わった。しかし、この時は、新しい力にただ興奮していたので、これからどんなことが起こるか、どんなふうに使うかなんて全く考えていなかった。

その日の夜、つよしから電話がかかってきた。

はっきり言って、かなり迷惑だ。私の親は男関係にもやたらとうるさい。まだ早いのだそうだ。男の子から電話がかかってくると、必ず嫌な感じで、どこの誰だか聞き返す。ついでにどんな関係かまで聞くことがある。大抵の男の子は私の家に二度と電話をしてこなくなった。

ところが、つよしからの取り次ぎは他の男の子とは全く違った。

「あざみちゃぁん。宮本さんからお電話よ」

母親の猫なで声に背筋がゾッとした。しかし、宮本という名に心当たりはない。

「もじもし？」

「俺だよ、つよし。早く帰っちゃったんだね。あの後、誘おうと思ったら、姿見えなかったから」

母を見ると珍しく口をへの字に曲げていない。最初に学校名を言ったに違いない。加えて、つよしの礼儀作法に、母親はクラッときたのだろう。

「うん。終わってすぐ帰ったよ」

「顔出してって、お願いしておいたのにな？」

あれがお願いだったとは知らなかった。

「だって、社交辞令でしょ」

「そんなぁ、違うよ。ま、いいや。それはおいといて。今度二十四日に溜池でやるんだけど、来ない？」

「え？」

「あ、もちろんインビだから。俺と行こうよ」

「でも……」

「じゃ、また電話するよ。俺の携帯はね……」

つよしは自分の携帯番号を言うと、電話を切ってしまった。

「ねえねえ、あざみ。とても感じのいい子ね」

大人は、なんて単純なんだろう。返事のかわりに、ため息をついて部屋へ戻った。父親が帰ってなくてよかった。

それでも、私は少し気分が良かった。普通の女子高生と同じで、格好のいい男の子に誘われて嬉しかったのだ。しかも、お金持ちで、有名私立校である。非の打ち所がない。それに、インビだと言った。私は招待されたのだ。

〈やっぱ、いいかも〉

つよしの下心のことなどどこかに行ってしまった。


学校へ行くと、朝一番にさおりが寄ってきた。

「ねえ、つよし、格好良かったでしょ？　家も金持ちでさ。親は議員だよ」

「へえ、そうなんだ」

「あざみの彼氏も格好いいけどさ、つよしはどう？」

私は、普段、なるべく人の心は聞かないようにしている。そうしていても、今のさおりの心は容易に想像できてしまう。つよしから、条件付きで頼まれたのだろうか。

「別に」

「そう。で、二十四日は行くでしょ？」

さおりは、私が二十四日にパーティがあるということを知っている、ということを知っていた。やはり、筒抜けになっているのだ。

「二十四日？」

私は、わざととぼけた
「あれ？」

さおりが目をそらす。

〈誘ったって書いてあったよなぁ。やば、下手なこと言わない方がいいか〉

「どうしたの？」

「ううん、何でもない。二十四日にね、またやるんだよ。あざみも、また来ないかな、と思ってさ。考えといてよ。じゃ」

さおりは、つよしからメールが届いたことは、口に出さなかった。頭の隅に追いやられた現実を、引き出さざるを得なくなった。ちょうど、授業開始のチャイムがなった。

最近、自分の技を使っていない。試してみたくてしょうがなくなってきた。耳は、随分コントロールできるようになってきた。以前は、煩《うるさ》いほど、周りの声が聞こえて困ったが、自分の意思で耳を塞ぐことができるようになった。もちろん、手など使わない。そのうち、聞きたい声だけを選んで聞けるようになった。

しかし、もう一つの技は、磨きをかけるどころかほとんど使っていない。よっぽどのことがない限り使ってはいけないと自重していたのだ。だが、今は胸がうずいてしょうがない。

つよしは、きっと今までに落とせない女の子なんていなかっただろう。背が高くて、頭も良い（と思う）、大学までエスカレーター式で上がれる学校。しかも名門で、親は議員だ。まず、普通に生きていけば、壁にぶつかることもないのではなかろうか。

この時、私のことを止めてくれるような人はいなかったし、自分自身で止めることなんて無理だった。少しも、そんなこと思わなかった。

そして、私の中の悪魔が囁いた。

〈自分は直接手をくだすことはない。まずは、力試しに軽いジャブを入れてみよう〉

つよしから二度目の電話があったのは、その日の夜だった。

「あれ、どうしたの？」

「パーティの前に一度映画でも観に行かない？」

デートの誘いだった。

「今、渋谷で結構面白いのやってるんだって。明日の夕方、大丈夫？」

「いいけど」

「学校、何時に終わる？」

「えっと、四時には行けると思うよ」

「じゃあ、ありきたりだけど、ハチ公前に四時でいい？」

「うん、わかった。じゃぁね」

明日は、彼氏と約束があったのを思い出した。断る理由を考えながら、シャワーを浴びに浴室へ向かった。

渋谷につくと、制服姿のつよしが先に来ていた。

「よ！　制服もかわいいねぇ」

　思わず、息を止めてしまった。私は、浮いた台詞を直接聞くのは初めてだった。眉間にしわが寄りそうなのを、辛うじて我慢した。

「ありがと」

「あざみちゃんは、どんな映画が好きなの？」

「う～ん、おもしろい映画なら何でもいいんだけどね。気分によってかな」

「そうなんだ。俺もどんなのでも観るな。でも、アクションものはあんまり好きじゃないんだ。好きな女優とかいる？」

「ありきたりだけど、オードリーかな。かわいくて大好き。若いころの作品はほとんど観たよ」

「オードリー、かわいいよね。残念ながら、映画はあんまり観てないけど」

　映画の始まる時間にはまだ間があったので、カフェで時間を潰すことにした。

「休みの日とか何してるの？」

「特別何もしてないな。つよしくんは？」

「俺も。自分の部屋で玉突きとかしてるかな。あんまり外にはでないよ」

「自分の部屋にビリヤード台があるの？」

「あ、まあね」

「じゃあ、すごく上手なんだね。私、やったことないんだ」

つよしなら、絶対に誘ってくれると確信していた。

「へえ、そっか。じゃあ、教えてあげるよ。今日する？」

誘わせようとはしたが、今から、というのは予定外だ。

「え？　でも、映画観るんでしょ」

「気が変わったよ。行こう」

つよしは、席を立ってキャッシャーへ向かった。私も慌てて席を立ったが、ブレザーをとったり、バッグを床へ落としたりしていたので、結局、つよしは会計を済ませて私を待つことになってしまった。

「行こう」

私は、財布を出すのはやめた。

「どこに行くの？」

「ちょっと歩くけど、わりと近いから」

つよしはどんどん先へ進んだ。

繁華街を抜けると、豪勢な住宅街にでた。嫌な予感がした。つよしの声が聞こえない。無心で歩いているのだ。勝手に足が動いて行ける目的地は限られている。

「来て」

予想通りだった。私は愕然とした。着いた場所は、つよしの自宅だった。

観音開きの重厚な門が自動で開く。高級車が余裕で通り抜けられるほどの大きさだ。門から、家は見えなかった。

「ちょっと待って」

「どうしたの？」

「ここ、つよしくんの家？」

「そうだけど。時間も周りも気にしなくて済むから。大丈夫だよ、気を使わないで」

そういうことを言っているのではない。

「でも……」

開いた門の前で立ちすくんでいると、つよしに手をひかれた。

「ねえ、やっぱり、帰るよ」

「気にすんなって」

結局、ずるずると引きずられるようにして、中へ入って行った。

玄関は大理石張り。我が家の居間くらいの広さがありそうだ。大理石は玄関だけではなく、家の中まで続いている。正面のらせん状の曲がりくねった階段を上がり、廊下を左に真っ直ぐ進むと正面がつよしの部屋だった。進む廊下があることだけでも驚きだ。

つよしの部屋は我が家の一階部分と同じくらいはあった。しかも、ソファまで置いてある。

「どうぞ、座って」

そう言うと、つよしは奥にある机まで行き、荷物を置いて、電話をとり何かを頼んだ。

「はい」

つよしが棒を差し出した。

「これがキュー。これにチョークを塗って」

台のところに移動した。

「つくんだ」

カキーンといい音がした。台にあった九つの玉は方々に散らばり、その中のいくつかが穴に落ちた。

「おいで、やってみな」

運動音痴の私は、やりたくなかった。

「こうやって、ブリッジをつくるんだ」

つよしが手本を見せる。こっちを振り返ってじっと見つめる。

誰でも、この先は読めるだろう。私は、これから、自分がどういう目に遭うか、聞く前に想像してしまった。もし、その通りのことが起こったら、本当に私はまぬけである。いきなりの敗北だ。断ることのできない愚かな自分に腹が立ってきた。

メイドが紅茶を運んできてからも、つよしは手取り足取りビリヤードを教えてくれた。もっと、考えて行動すれば良かった。

つよしは予想通りの行動をとりはじめた。ベタベタとくっついて、私のことをじっと見る。たまらなくなり、勇気を出して、「やっぱり、帰る」と言いかけた時、つよしの顔が向かってきた。口を塞がれ、何も言えない。つよしをどけようと押し返したが、力ではかなわない。全身の力をふりしぼって、何とか、体を離した。

「帰る」

溢れてくる涙を堪えて、私は荷物をとり足早にドアへ向かった。

「ごめん！」

つよしが叫んだ。

〈くそあま！〉

心でも叫んだ。

「待って、送って行くよ！」

つよしは追いかけてくる。私は走って部屋を出て、玄関へ向かった。手入れの行き届いたアプローチを抜けて、門まで行った。でも、門が開かない。馬鹿な自分の行動を後悔して深いため息が出た。後ろから足音が聞こえてきた。

「だから、送って行くよ」

つよしは、深い瞳を潤ませて言った。

「……」

一人で帰るのが嫌だった。つよしといるのは嫌だったけれど、一人でいることも嫌だった。

駅まで向かう途中、つよしは何も言わずに手を握ってきた。

駅に着いた時、つよしは持っていた紙袋を私ににぎらせながら、潤ませた瞳で言った。

「また、会ってくれるよね」

「うん」

また、断れなかった。

電車の中で、頭の中を走馬灯のように、幼い頃の想い出がよみがえった。

嫌と言ってはいけない。嫌と言ったら、もっと嫌な思いをすることになる。耐えに耐えていた頃。

技を出すより先に、私の心がくじけそうだった。

自分が自分を見失いかけていた。

二十日の晩、つよしから携帯に電話がかかってきた。馬鹿者の私は、自分で番号を教えたのだ。

二十四日の約束をした。パーティが始まるのが午後だったので、ランチを一緒にすることになった。

学校では、やはりさおりのチェックが入った。

「ねえ、あざみ。行く?」

隠してもわかることなので素直に行くと答えた。

「つよしとは、どうなってるの?」

「別に、どうもないよ」

「あいつらさ、利口だからね。気をつけた方がいいよ。金持ちもレベルが違うからさ、遊びも半端じゃないらしいよ。女もね。一応、教えといたげる。つよしん家に連れ込まれた子がいたらしいんだけどさ。集団でやられたって。でもお、何も言えないんだって」

「何で？」

「ビデオ」

「え？」

「ビデオに撮られたんだってさ」

「うそ」

「それが本当みたい。とにかく、質悪いところあるからさ。つよし、あざみのことお気に入りみたいだから気をつけな」

もっと早く知っておきたかった。


本人に会ってしまうと、さおりの話は影をひそめてしまった。私の頭の中には「つよし＝怖い＝歯向かうな＝耐えろ」の図式ができてしまっていたようだ。

つよしは、まず初めに「この間はごめん。本当に悪いと思ってる」と言って、頭を下げた。そして、私のはいているハイヒールを見ると「それ、はいてきてくれたんだ。よく似合ってるよ」とつけ足した。

私の耳は、つよしの前でうまく機能することができなくなっていた。つよしの話に適当に頷き、微笑んだ。私は、その場その場をやり過ごすことに精一杯で、何も考えられなかった。

「ちょっと早いけど、店行ってみようか」

「そうだね」

私はつよしについて、パーティの会場へ行った。前回とは違うクラブだった。

店の入り口で待つように言われ、外で待つことにした。

待っている時間がすごく長く感じた。もう、店が開いてるのかな、と思い、階段を降りようとした時、すごい声が聞こえてきた。

〈助けて、助けて、あとどれくらいなの。まだ、誰も来ないの？〉

女の子だ。一瞬、本当に声がしたのかと思うくらい悲しく強い声だった。

「うお～い。今度は誰～」

今度は男の声だ。生の声だ。

「なんだ、つよし。おっせぇよ。お前もしとくか？」

そう言ったと思ったら、急に静かになった。心臓が止まりそうだった。中で起こっていることを想像したくなかった。

やがて、バタバタと慌ただしく何かをする音がした。しばらくすると、その音もやんだ。私は我に返り、外に飛び出た。呼吸を静めながら、何も知らないふりをするのは辛かったが、知らないふりをしないと大変なことになるのは間違いない。私は、必死で平静を装った。

「ごめん。何か、まだ準備があるみたいなんだ。ちょっと、散歩でもしてようか」

背後からの声に背筋が凍った。

「うん、そうね」

私は一生懸命笑顔をつくって、つよしを振り返った。こんなに努力した笑顔は最初で最後だと思う。


その日のそこから先のことはよく覚えていない。

ヴィップルームに連れて行かれて、つよしの友達を紹介された。彼らの顔も、なかなかまともに見ることはできなかった。

何度か化粧直しと言って、部屋から抜け出したが、すぐに戻って来いと言われた。まるで彼女扱いだ。彼女というより、奴隷と言った方がぴったりだ。

戻って来い、という言葉は私に強いプレッシャーを与えた。他人が聞いていれば、それは命令口調ではなく、ごく自然に発せられた言葉だったのかもしれないが、私の頭の中はパニックに近い状態でいちいちビクビクしていたため、プレッシャーに感じたのかもしれない。

部屋の中には、つよしの仲間の彼女らしき人物が数人いた。皆、高級な服やアクセサリーを身につけハイヒールをはいていた。

電車に乗って一人になった時、何ともいえない解放感に包まれ、それまで精神的にどれだけ拘束されていたかを実感した。

あの子はどうなったんだろう?
あれは誰の声だったんだろう?
私の耳は、つよしの心の声が聞きとれなくなっていた。それでも、あの声は私の耳の中に入ってきた。

あの男の台詞からして、男はつよしの知り合いに違いない。「つよしもしとくか」ってどういう意味だろうか。考えるまでもなかったが、もしかしたらもっと違う意味かもしれない、と自分の痛んだ心を慰めた。しかし、いくら自分を慰めて事実から目を背けても、事実は一つしかないのだ。

〈あいつら、一人の女を強姦してたんだ。あの、口振りだと、これが初めてじゃない。それに、つよしも仲間なんだ〉

私の力を使うときなのかもしれない。

これまでの私の人生の中で、初めて出くわした大犯罪だ。自分の中だけで抑えておくことができる自信はまるでなかった。

さおりは、椅子に浅く腰掛けて組んだ足をテーブルの横に投げ出し手鏡で髪の毛の乱れをチェックしながら、アイスカフェオレをストローですすってから口を開いた。

「ねえ、あざみ。あんた、もう、つよしの彼女ってことになってるよ。そうなんでしょ？　つよし、つき合おうとか言ってきたんだ？　あいつ、手が早いよね～」

「そんなこと言われてないよ。私から言った覚えもないし。だいたい……」

途中まで言いかけたところでさおりが割って入ってきた。

「彼氏がいる、ってんでしょ」

「そうだよ」

高校時代は、自分がいったい何者なのかわからず葛藤していた時期だったので、当然、自分をさらけ出せる友達などいなかった。

恋はしたが、あっけなくふられてしまった。高校生にありがちな、年上の社会人に恋をしたのである。かなりの恋愛不器用だったので、ふられて当然だった。

何人かから「つき合ってくれ」と言われたこともあった。皆、女の子から絶大な人気を誇っている人たちだった。つき合うということが、どういうことかわからなかったので、とりあえず、皆が「格好いい」と言う人とつき合ってみた。私たちの「つき合い」はせいぜい学校から一緒に帰る、途中でお茶をする、休みの日に映画を観にいく、といったことで終わった。青春の淡い想い出である。

しかし、周りはそれを黙って見ているわけがなかった。やっかみ、妬み、嫌がらせまであった。

私は、葛藤の中、自分を試したい気持ちも強かった。まだまだ若く自分を抑えようなんて、微塵も思わなかった。ただ、学校内でやるのは、まずいだろうと思っていた。


「でも、おざなりでしょ、最近」

「まあ、そうだけどさ」

「いいじゃん、つよしにしちゃいなよ。あっちの方がおいしいって」

「嫌だよ。ビデオに撮られたくないし」

私は、ふざけているように笑ってみせた。

さおりも笑った。

「そうだよね。あいつの部屋は要注意だよ。撮られたら最後、それ出回っちゃうからね」

「うっそ。出回るんだ？　え、じゃあ、前に言ってたやつ、さおりも見たの？」

「見たよ。だから、本当のことなのよ。でもね、私だって好き好んで見せてもらったわけじゃないよ。みんなでつよしの家に遊びに行った時に、誰かが上映会しようぜ、とか言い出してさ。勝手につけたんだよ。だから、あいつらのも見ちゃったよ」

さおりは眉間にしわをよせた。

「でもね、あざみ。もう、遅いよ。今頃、つき合ってません、なんて言ってごらん。つよし、怒るよぉ」

「怒ったら、どうなるんだろう」

「まあ、集団レイプされて、それは、上映会どころか、ネットかなんかで、公開されちゃうんじゃない？　しかも、知らない奴らにやられるよ。自分らに汚点は残さないからね。最近は、猿使ってみたい、なんて言ってたよ」

「冗談でしょ？」

「冗談じゃないよ、ぜんぜん。あいつら、普通のレイプは日常茶飯事らしいよ。だから、最近は、もっと、おぞましいこと考えてるみたい」

さおりは、恐い、と言って身を震わせた。

「つき合ってることにしとけばいいわけ？」

「でも、二股はやばいんじゃないかな。ばれた時が怖いよ。あきらめな。彼氏とは別れるんだね」

「そうだね、そうするよ」

猿にレイプされるくらいなら、今の彼氏と別れることくらい何でもなかった。

「あんたも、もう、食われちゃったんでしょ？」

「ちょっと、何よ。それはないよ、絶対ない」

「そうだったの？　あいつ、そこから入ることがほとんどだったけど。じゃ、もしかして、本気だったりして」

さおりは笑い出した。

「本気なんかじゃないよ。されそうにはなったよ。でも、大丈夫だった」

「へえ？」

さおりはキョトンとした。

さおりとお茶を飲みにくるなんて初めてだ。そんなに仲良くもなかった。最近は、つよし、つよしと言って私の周りをうろついているが、それも、つよしたちとのつながりがあるからだろう。

「そうだ、これから渋谷に行くんだけど、あざみもおいでよ。友達紹介するからさ」

「えぇ？」

「大丈夫、女友達だから」

さおりと喋っている間、彼女は何も特別なことを考えてはいなかった。つよしのことに関しては、さおりに話しても大丈夫かもしれない、と思った。

待ち合わせの店につくと、客の中に制服姿の女の子が四人ほどいた。皆、美人だった。制服は四人とも違った。

「さおり、こっちこっち」

その中の一人が手をあげた。

「もう、みんな来てたんだ」

「そうだよ。遅かったじゃん、どうしたのよ?」

「これ、あざみ。ちょっと、喋ってたら、出るの遅くなっちゃって。ごめんね」

「あ、つよしの新しい彼女でしょ」

「本当だ」

ね、みんなそう思ってるでしょ、とばかりに、さおりは私の顔を見た。

「座りなよ。あ、私、さえ」

「みき」

「ようこ」

「きょうこ」

「ウェルカムよ」

私はさおりと向かいあって、ようこの隣に座った。

「つよしも、面食いだよね」

「ほんと、いっつもかわいい子連れてる」

私は下を向いた。

「ねえ、まきは?」

さおりが言った。

「それがさ、来ないって。まきの学校の友達に彼女の様子訊いてみたんだけど、まるで、別人だって」

「やっぱり、何かあったのかな」

さえが、私の顔をちらっと見た。

「いいのかな？」

「いいんじゃないの。やっぱり、知っといた方がいいって。野蛮な行為はやっぱり許せないよ。この子だって、されたら可哀想じゃん」

「そうだよね。いい、さおり？」

「うん。いいと思うよ。気にしないで話そう」

さおりは私の方を向いて言った。

「まきは、つよしとひと悶着あったんだ」

「まき、つよしとつき合ってたんだよね。でも、あいつらさ、やることが野蛮でさ、女を物としか思ってない」

「そう、自分たちの思い通りにならないと気に入らないの」

「まきは、つよしたちのやってること知って、うんざりしたんだ。それで、もう、別れるって」

「まきから、言い出しちゃった」

「嫌われるようにしむければよかったのにね」

「だめだよ、それだって。嫌われたら、それこそ何されるかわかんないよ。動物扱いされるよ」

「だから、まきから言ったんだ」

「でも、女から振られるなんて、プライドが許さないんだよね」

「そう、それはわかってた」

「で、まきはどうなったんだろ」

「わかんない。でも、まきはおかしくなった」

「そう、それが事実」

そこで、会話が一瞬途切れた。皆、下を向いて、誰かが何かを言うのをまっているようだった。

ようこが顔をあげた。

「あいつらに、何かされたのかな」

「考えたくないけど」

「そうだよね、きっと」

「ただで、別れさせるわけがない」

「せめて、売られてなきゃいいけど」

私は会話に入れなかった。

〈まきは、つよしの元彼女で、別れを言い出した。それで、その後、様子がおかしくなったんだ。この人たちは、まきのことを本当に心配しているのだろう

か。上辺のつき合いではないのだろうか。友達より、男が大事な子だってたくさんいる。本当は、どっちなんだろう〉

「ねえ、本人に確かめてみる？」

「でも、まきが私たちに本当のこと言うと思う？」

「思わない」

皆、口をそろえて言った。

「まきって、かなりつよしたちのこと嫌がってたよね」

「うん。私たちにもあまり関わるなって言ってた」

「じゃあ……あ、呼び方、あざみで、いい？」

突然、話をふられたので、ちょっと戸惑いながら、もちろん、と答えた。

「私たちのことも、呼び捨てで構わないよ」

みきが言った。

「うん」

「じゃあ、あざみをだしに使ったらどうかな？」

「そうだよ、さおりの友達がつよしとつき合うことになりそうなんだ、って言ったら何か言うかもよ」

「そうだよ」

「そうしよう。あざみ、いい？」

「私たちの友達を助けたいの」

「うん、構わないけど」


まきに会ったのは、それから一週間後のことだった。

最近の女子高生は、みんな化粧をしている。それはごくごく当たり前のことだった。

しかし、この日のまきは、化粧もせず、顔色も悪い。肌も荒れていた。

「まき、痩せた？」

「う……ん。わかんない」

「みんな、心配してんだよ。最近、様子がおかしいから」

「ありがとう。大丈夫だよ。私は元気だよ。何も変わらない」

「ねえ、つよしと何かあったの？」

「……」

「ねえ、まき？」

「何もないよ」

「だって、げっそりしてるじゃない。頬もこけて、目の下、隈つくって」

「ほんと、何にもないよ」

「じゃあ、ドラッグにでもはまった？」

「え？」

「ドラッグでもやってるみたいだって言ってるんだよ。あんたが、そんなことするとは思ってないよ」

「……」

「まき、この子、あざみ。つよしとつき合うことになりそうだよ」

まきは、強い意思のある目であざみの方を見た。沈黙がながれた。

〈やめなよ〉

まきの声が聞こえた。

「まき、何とか言ってあげなよ。あざみ、さおりの友達なんだよ」

まきは困惑を隠せなかった。そして、古い友達の顔は見ないまま、私に言った。

「やめた方がいいと思う。自分が大事なら、やめた方が……」

そこまで言うと、死んだ魚のような目にもどって、下を向いてしまった。

「私たちじゃ、何もできないよ。かなうような相手じゃないから。関わらないようにすることが最大の防御だよ」

聞こうとしなければ、聞こえない声でまきが再び喋りはじめた。

「さえも、みきも、きょうこも、ようこも危ないよ。さおりは、あざみの友達だから、まだ大丈夫かもしれないけど」

「危ないって、何が？」

「わかんないよ……でも、私みたいな目に遭うかも」

まきは、肩をすくめて小さく震えていた。

その声は、まぎれもなく、二十四日クラブで聞いた悲しい声だった。まきは、あの時味わった苦しみと悲しみを叫び続けていた。私の中に、あの時のまきが再現される。動悸がして、頭が痛くなってきた。まきから、溢れてくる悲しい声が脳の中に突き刺さってくる。あまりの痛さに顔がゆがむ。

「あざみ、どうした?」

さおりが私を現実に戻してくれた。

「ちょっと、貧血かも」

「え、まさか、つよしのこと本気で好きだったの?」

みきが驚いて言った。私は答えなかった。まきも、事実を彼女たちに言わないのだ。私も、まだ、彼女たちを信用してはいけない。


つよしからの電話やメールは毎日のように続いた。ずっと会わないわけにもいかないので、何度かは会った。

つよしは、慎重になっているようで、さすがに手を出そうとはしなかったことだけが救いだった。

そんなある日、学校へ行くと、教室につくなり、待ち構えていたさおりに腕をつかまれた。

「ちょっと、あざみ、大変」

さおりに連れられて、廊下に出た。ベンチにすわり、さおりが耳元で話しはじめた。

「きょうこがやられた」

「な、に？」

「おととい、家に帰る途中、公園に引きずり込まれたって」

「白昼？」

「違う。塾の帰りだよ。強姦されて、写真まで撮られたってさ」

「どういうことよ。なんで、きょうこが？」

「それが、きょうこ、ようじ呼び出して、さんざんまくしたてたらしい。まきに何したんだ、って。みんなにばらしてやるって」

「えっ、そ、それは……」

「そうだよ、随分、無謀なことしたよ。でも、許せなかったんじゃないかな？　まきのことで」

「それで、きょうこは？」

「訴えてやるって言ってるんだけど。訴えたところで、あいつらは痛くもかゆくもないよ」

「本当にようじなの？」

「ようじがさせたに決まってる。生意気な女が大嫌いなんだよ」

「で、どうするの？」

「どうしようもないよ。私たちじゃ、何もできない。それに、警告と一緒だよ。歯向かえば私たちもきょうこみたいになる」

「ねえ、まきは知ってるの？」

「知らない。今日、私の家に集まることにしたから。あざみも来る？　それとも、知るのが、怖い？」

「行くよ」

〈本当に馬鹿だよ〉


放課後、さおりと一緒にさおりの家に行った。世田谷の高級住宅街にあった。

五時には、皆集まった。きょうこも来た。

最初に口を開いたのはきょうこだった。

「まき、私、やられた。知らない奴ら。でも、ようじの差し金だと思ってる」

きょうこは強い口調でまきに言った。まきは来るなりそんなことを言われて号泣した。

「泣かなくていいよ。私が悪いんだ。どうしても、許せなかったんだ。まきがおかしくなったのは、あいつらのせいでしょ?」

まきは、泣きながら頷いた。

「やっぱりね。でも、私は負けない。絶対に訴えてやる」

「訴える?」

まきが泣きながら、顔をあげた。

「そう。許せない。引き下がりたくないよ」

そう言うと、きょうこはまっすぐに私の顔を見た。

「つよしとは、うまいこと別れた方がいいよ。いずれ、こうなることわかったでしょ」

「そんなこと言っても、もう遅いかもよ」

ようこが言った。

「そうだよ。もう、遅いかも」

結局、まきは自分がされたことを泣きながら、私たちに教えてくれた。やっぱりあの店で集団レイプされたのだった。

きょうこは親に洗いざらい話して、警察に被害届を出したと、さおりが教えてくれた。親に言うだけでも、勇気がいることだろう。私は、さおりたちに抱いていた偏見をちょっとだけ訂正した。

その頃になると、つよしは、私にも、チェックを入れるようになった。やれ、昨日はどこにいたんだ、さおりたちとはつるんでいるのか、など、ことあるごとに聞かれた。私は、何も知らないふりをして、適当にごまかし続けていた。

私は、つよしたちのしていることを許せなかった。でも、なかなか手をくださなかった。軽いジャブを、と最初は思っていたが、つよしの前で耳が使えなくなってしまった今、それができるのか、そんなことして大丈夫なのか、不安になってきたのだ。

つよしとつき合いが始まって半年になる。最近はおもむろにホテルへ行こうなどと言い出した。自分に降り掛かろうとしている災難から逃れるには元を絶たないといけない。

私はさおりに連絡をとった。

渋谷のいつもの店に七人集まった。

「あのね、私、つよしとの関係絶つことにするよ」

他の六人が一斉に私を見た。

皆の顔が明るくなった。

「その方がいいよ」

皆、同じ意見だった。それから、皆心配した。

「それでね、お願いがあるんだ」

また、一斉に私を見る。

「私に何があっても、みんな、これ以上あいつらに関わらないでほしいの。誰にも迷惑かけたくないから」

今度は一斉にきょうこを見た。

「まさか、私たちのせいにして別れるんじゃないでしょうね？」

ようこがそう言うと、皆、黙ってこちらを見た。

「冗談じゃない。私、そんな馬鹿じゃないよ。とにかく、迷惑かけることになると嫌だから、知らんふり決め込んでよ」

「わかった。信じるよ」

「でも、あざみ。どうやって別れるのよ？　なんか、いい方法あるの？」

「そんなの考えてない。でもさ、女の弱みにつけこんで、女に好き放題するあいつら、どんな目に遭えばいいと思う？」

くだらない質問だったが、皆真剣に考えはじめた。

「そうだね。不能になればいいんじゃない？」

「そりゃ、いいね。男じゃなくなる」

久しぶりに、みんなで笑った。

「親の失脚はどう？」

「一度、貧民になればいいんだ」

女子高生らしい笑い声が店に響いた。久しぶりに屈託なく笑った気がする。

彼女たちの前で、聞き耳をたてることはなくなった。


渋谷でつよしと待ち合わせをした。もう、迷いはなかった。とにかく、関係を白紙にもどすことだけで頭がいっぱいだった。

つよしは、大きなワゴン車で現れた。もちろん、高校生であるつよしは車の運転はできない。後ろの席に乗って、と言われ、仕方なく乗り込んだ。

「あざみちゃん、はじめまして」

「ども」

「高校の先輩。久しぶりに会ってさ」

車は横浜方面に進んでいることを道路標識が教えてくれた。

「どこ行くの？」

つよしに訊いてみた。

「きれいな夜景が見えるところがあるんだ」

一時間以上走って、岬についた。こんなところに三人できてどうしようというのか、と思った瞬間、前から、つよしとつよしのせんぱいが移動してきた。

反射的にドアに手をかけたが、間に合わなかった。

つよしに腕をつかまれた。

「こんなこと、したくなかったんだよ。でも、お前、何様のつもり？」

普段のつよしとは、全くの別人だった。つよしは目を見開き、口をへの字に曲げて続けた。

「そんな生意気な態度いつまでも我慢できないんだ。だからぁ、今日はお仕置き」

つよしに殴られて、私は後部座席に横たわった。上に先輩が股がる。腕を押さえつけられて、動けない。

もう、容赦しない。

私の中の霧が一気に晴れた。

私はせんぱいの顔を見た。相手が一瞬たじろいだのがわかった。その瞬間に私は身体を起こし、勢いをつけて殴りつけた。人を殴ったのは初めてだ。男が車のガラスに頭を打ち付ける。振り返ると、つよしが硬直している。同じように拳をふりかざすと、つよしは後ずさりした。勢いをつけた拳はつよし目掛けて飛び出している。後ろによけられると、私の腕の長さでは届かない。空振りする、と思ったその時に、拳から腕にかけて強い抵抗を感じた。拳を鉄板に打ち付けたみたいだった。手は、熱くて火をふきそうだ。私は、身体を持ち上げ、拳がつよしに届くように体制を整えた。

つよしもふっ飛び、窓に頭をぶつけてその場にのびた。

息を切らせながら、もう一度後ろを振り返ると、せんぱいものびている。火事場の馬鹿力だろうか。それとも、当たった場所が悪かったのだろうか。周りを見渡した。私しかいない。私がやったことは間違いないようだ。我に返った。慌てて、携帯電話を取り出し、救急車を呼んだ。しかし、捕まるわけにはいかない。急いで車から飛び降り、大通りまで走った。

腕が痛む。殴られた人の痛みなのだろうか。一生懸命走った。走って、走って、走り続けた。こんなに走ることも生まれて初めてだ。

意識が遠のいていく。けれども、今ここで倒れるわけにはいかない。家へ帰らないと。それだけしか考えられなかった。前方に小さな居酒屋の看板が見えてきた。


気が付くと、薄暗い座敷に寝かされていた。薄汚れた割烹着を身に付けた中年のおばさんが、私の顔を覗き込んだ。

「大丈夫？　生きてる？」

「うん、多分」

私は横になったまま答えた。

「あんた、入ってきて、そのまま倒れたんだよ。びっくりしたよ。それにしても、見かけない制服だね。どこの学校だい?」

私は、すぐに答えられなかった。学校に連絡されたくはない。

「ええ、この辺の学校じゃないんで」

「そうかい。でも、どうやって来たんだい? この辺りには駅もないし」

おばさんは、怪訝な顔をした。

「友達の車に乗せてきてもらったんだ」

「で、その友達は?」

「途中で喧嘩になって、車降ろされちゃった」

私は、笑顔をつくった。よっぽど、変な表情になったのか、おばさんは、眉間にしわをよせた。

「手を怪我してるみたいだけど」

私は、右手をあげた。手の甲は真っ赤に腫れ上がりヒリヒリと痛んだ。

「火傷みたいだね」

おばさんが言った。

私は、右手を顔の前にもっていった。確かに、手首まで腫れ上がっている。確かに、殴ったための怪我というよりは、軽い火傷のように見える。

私は、右手をぐるぐると回してみたが、痛みは感じなかった。

おばさんは、タオルを濡らして私の右手に巻いてくれた。

「これくらいなら、病院に行くまでもないだろう。あんた、どこまで行くんだい？」

「東京へ帰ります」

「この時間だと、バスはもう走ってない。駅まで送っていくよ」

「助かります」

自分がどこにいるかもわからないのに、一人で帰れるわけがない。私は好意に甘えることにした。

家に着くと、自分の部屋に入り、両手を見つめた。右手の腫れは大分引いてきたが、手の甲全体の赤みは少し残っていた。力一杯殴ると、こんなふうになるものなのだろうか。

つよしは、仕返しをしてくるだろうか。女にこけにされたのだ。何かしてきても不思議ではない。さおりたちは大丈夫だろうか。今日のことは彼女たちには知らせない方がいいだろう。知らなければ何もしない。だが、当人である私は、知らぬ存ぜぬではすまされない。倍返しじゃすまないかもしれない、と思うと背筋がゾッとした。

つよしたちに何をされるか、ということばかり考えていて、自分がしたことなど反省することはできなかった。

私はどうなってしまうのだろう。


心配事があっても、当たり前のように朝は来る。今は長期休みではないから、当然、学校へ行かなくてはならない。

学校へ行くと、さおりが真っ先にとんできた。

「あざみ、どうなった？　つよしに何か言った？」

「あ……」

私はつよしに何も言っていないことに気付いた。

「どうした？　どうした？」

「何も言ってないや」

「そっか」

「言ってないけど……」

「言ってないけど？」

「言ってないけど、殴っちゃった」

「うそ、ほんとに？」

「本当」

私は、昨日あったことをさおりに話した。

「へえ。で、二人とものびちゃったんだ。あざみ、喧嘩強いんだね」

「ちょっと、違うよ。殴るなんて初めてだよ」

「初めてで、大の男がのびるか？」

「のびちゃったんだもん」

「でも、気分爽快だね」

「何も考えなければね。考えちゃうと恐ろしいよ」

「今度は何されるかって？」

私は頷いた。

「こっちからは、連絡とらないでしょ。あとは、向こうからか。つよしたちは、直接手をくださないよね、きっと。用心しなよ」

「うん、そうしとくよ」

私は、声を出して笑った。つもりだったが、まったく気持ちが入らず、ハハハという音が口から出ただけになってしまった。


それから、二週間経っても何も起こらなかった。私は、つよしたちが忘れてしまっていることを願った。

週末、さおりに呼び出されて、渋谷へ行った。みきたちも来て、七人仲良く買い物をした。

「そうだ、二子玉行かない？　チーケのケーキ食べたくなった」

さおりが言った。

「いいね、行こうよ」

「ごめん、私、今日、用事あるんだ」

みきが断った。

「私も。今日はパス、ごめんね」

まきも行かないと言い出した。

「何で？　デート？」

「違うよ。今日は、父親が帰ってるんだ」

まきの顔が一瞬引きつったように見えた。

まきの父親は、海外に単身赴任している。たまに帰ってくるときだけは、必ず、家族で食事をすることがまきの家の決まりみたいなものだった。

「じゃあね」

みきとまきに、渋谷でサヨナラして、私たち五人は二子玉川へケーキを食べに行った。

私は初めて行くところだったので、駅を降りるとさおりたちの後にくっついて行った。

しばらく歩いた。周りは静かで、店がありそうな雰囲気ではない。隠れ家的なところなのかもしれない。そう思うとワクワクしてきた。

路地を入り、空き地を抜けて、秘密基地みたいなところに出た。私は、周りを見ながら歩いていた。すると、前を歩いていたさおりが突然立ち止まったので、その拍子に転びかけて止まった。

「ちょっと、突然、止まらないでよ」

と、顔を上げて、私は硬直してしまった。前にいるのは、つよしとその仲間ではないか。

「よう」

つよしが言った。

さおりたちも硬直しているに違いない。と、その瞬間まで思っていた。

「ハイ」

さおりが、柔らかい声で返事をして、前へ出て行った。さえもようこもきょうこも付いて行く。私は、頭の中が真っ白になった。どうしていいかわからず、一人そこに取り残されてしまった。

「さおり……」

私は、とても小さな声で呼んだ。さおりは聞こえないのか、こちらを見てくれない。

そして、つよしの正面に立つと、二人は抱きあった。

私は事態が把握できなかった。そうしているうちに、つよしたちの後ろから出てきた柄の悪い男たちに囲まれてしまった。

さおりが、こっちを振り返った。笑っていた。さえも、ようこも、きょうこも笑っていた。

何が何だかわからなかったが、やっと一つだけわかった。さおりたちは敵だったのだ。

つよしの取り巻きの一人がビデオを用意していた。

「あざみ、お前バカだな。俺を怒らせるなって」

つよしが笑いながら叫んだ。周りを囲んでいる男たちが近付いてくる。心臓が飛び出しそうだ。

〈とにかく逃げるんだ〉

後ろを振り向くと、私は力一杯走り出した。タックルをくらったが、男一人をふっ飛ばし、必死に走り、大通りに出た。私の精神力が勝ったのだろう。その時はそう思っていた。

大通りに出る前の路地に小さくたたずむ人影のようなものが目に入った。セーラーらしき襟が見えた。振り返る余裕などなかったので、運良く通りかかったタクシーを捕まえて飛び乗った。窓の外を見ると、追手はすぐそこまで来ていた。間一髪で何とか助かった。

友達ができたと思っていた。よくよく考えてみると、彼女たちと親しくなって、まだ半年しか経っていない。

一番堪えたのはさおりに裏切られたことだった。さおりは、つよしのことが好きだったのだろうか。

まきやきょうこのことは、どういうことなのだろうか。

まきは、レイプされていた。きょうこも、訴えてやると、かなり大騒ぎをしていた。しかし、きょうこは、今日、さおりと同じ行動をとっていた。

全てを理解できなかったが、さおりを許すことだけは無理そうだ。


次の月曜日、私はいつもより早く学校へ行った。

校門の前で、二十分ほど待つとさおりが現れた。さおりは、私を無視して通りすぎようとした。

「ちょっと、待ちなよ」

さおりが立ち止まって、こっちを向いた。

「何?」

「何、じゃないでしょうよ。どういうことか、説明くらいしてくれない?」

私とさおりは並んで、構内へ入った。グラウンドの脇にあるベンチに座ると、さおりは口を開いた。

「ああ、もう、面倒くさいな」

「何が面倒だっていうの？」

「はぁ……わかったよ。で、何が聞きたいの？　今さら」

「さおり、あんた、つよしとどういう関係？」

さおりが吹き出した。

「まるで、彼女みたいね。別れたんでしょ？　いいじゃない、別に私とつよしの関係なんて。くっ、でも、教えてあげるわ。私がステディ。私がほんとの彼女よ。もう、三年。つよし、女癖悪いんだよね。あんたにも、遊びで手を出してただけよ。いつものこと」

「まきは？」

「まきも、同じ。つよしの遊びだよ」

「だって、さおり、まきと友達なんでしょ?」

「友達ね。まあ、そうかな。でも、私がつよしとつき合ってることなんて、みんな知らなかったよ。まきも知らなかった」

「まきが、あんな目に遭ったのは? 何とも思わなかったの? 何も言わなかったの?」

「まきも、生意気なんだよね。うざいんだ」

「じゃあ、きょうこは?」

「あぁ、あれ。きょうこがやられたってのは嘘。あざみが、ウダウダしてるからさ。私、あんたのことあまり好きじゃなかったから、つよしの癖とはいえ、あんたみたいな田舎者にちょっかい出してるの気に入らなかったんだ。だから、自分から身を引いていただこうと思って、きょうこに一芝居頼んだの」

「私のことなんて、すぐに飽きるでしょうよ」

「それじゃ、だめなの。つよしを怒らせてくれれば、前から気に入らなかったあんたを締めてくれるでしょ」

さおりはにっこりと笑った。

「でも、しくじってばっかり。今まで、しくじるなんてことなかったのに。あざみ、運がいいね」

結局、さおりは、つよしを利用して、自分の気に入らない人間を締めてきたのか。

「まきのこと、うざいって言ったけど、まきの時もつよしを利用したの?」

「つよし、頭いいんだけど、私の嘘はわからないみたい」

また、笑った。

「もう、いい? 授業はじまるよ。あざみ、これからも気をつけた方がいいよ。

つよしは、あんたをこのまま許しそうもないから」

そう言って笑うと、さおりは校舎へ向かった。

怒りが込み上げてきた。グラウンドにサッカーボールが転がっていた。渾身の力をこめて、手の届かないところにあるサッカーボールを殴るふりをした。サッカーボールはグラウンドの向こう側まで飛んで行った。

手が熱かった。


次の日、学校の帰りに新宿駅のホームにつよしを呼び出した。

「大事な用件って何だ?」

「これ、聞かせてあげようと思って」

私は、さおりとの会話を録音していた。自分の身を守るため、念のためと思ってやったことだったが、大正解だった。

つよしは、イヤホンを耳にはめた。私は、つよしの顔から目を離さなかった。つよしの顔は見る見るうちに、赤くなった。イヤホンを外すと沈黙したまま、そこに硬直した。

「私の用事はこれだけだよ」

つよしは椅子から立ち上がった。

ホームに入ってきた電車から、さおりが降りてきた。私を確認して、電車から降りると、まっすぐにこちらへ来た。そして、やっとつよしがいることに気が付くと一気に表情を曇らせた。

「どうして、つよしがいるの?」

「私が呼んだの」

そう言って、私はテープを見せた。さおりの顔色が変わった。そして、恐る恐るつよしの顔を見た。つよしは、立ったまま、さおりの顔を一瞥した。さおりは後ろにたじろいだ。つよしがまた一歩前に踏み出した。さおりがさらにたじろぐ。

私の身体はぐらぐらと煮えくり返っていた。

さおりの顔を凝視して、声には出さず口を動かした。

〈さがれ、さがれ、もっとさがれ〉

つよしは、それ以上動かなかった。

さおりは、つよしの顔を見つめたまま、どんどん後ろへ下がって行く。

つよしが、手を伸ばして、何か言っている。

「落ちるぞ！」

私は、やめなかった。

〈お・ち・ろ〉

さおりは落ちた。電車がホームに入ってくる。

つよしが私を振り向いた。

私は、つよしに微笑みかけて言った。

「気をつけないと、危ないよねぇ」

こんな男は、社会から批判されなければ、効き目がない。そう、つよしには、社会的制裁を与えるべきだ。

しかし、つよしは、私の方を振り向いたまま、体はどんどんと前へ進んでいった。電車が近付く。

〈待って。待ってよ〉

私は念じた。

〈どうしたっていうの〉

私の攻撃にすきが生まれた。そう気が付いた時には、遅かった。

つよしの頭に電車がぶつかる。つよしの体が宙に舞う。
人がざわめく。騒ぎになる。
〈自殺？〉私は、放心した。
その時、頭の後ろから声がした。
〈違うよ〉優しい声だった。
慌てて、後ろを振り返ると、まきが立っていた。
私は立ち上がった。
「キャー！」
私とまきはつよしを指差してほぼ同時に叫んだ。
駅員が走ってくる。胸の鼓動が早くなる。

さおりの告別式は、たいそう豪華に行われた。会場でつよしの噂を聞いた。

頭部に激しい損傷を負ったものの、命は助かったそうだ。しかし、後遺症は免れなかった。一生、車椅子の生活を強いられ、精神年齢は幼児くらいに戻ってしまったということだ。

テレビでは、芸能情報が始まっていた。
私は歯みがき粉の味がまだ残る口の中をゆすぎに洗面所へ戻った。

あれからずっと考えている。
私の心の奥底に眠っているものは何だろう。
私の意思って何だろう。
答えは、まだみつからないけれど、いつかきっと見つかるだろう。
だから今を生きるんだ。これからを生きるんだ。

後ろばかり見ていられない。
だって私は生きているから。

ハイヒール

2004年6月15日　初版第１刷発行

著　者　海原 爽羅
発行者　瓜谷 綱延
発行所　株式会社文芸社
〒160-0022　東京都新宿区新宿１－10－１
電話　03-5369-3060（編集）
03-5369-2299（販売）

印刷所　株式会社ユニックス

©Sora Kaibara 2004 Printed in Japan
乱丁・落丁本はお取り替えいたします。

ISBN4-8355-7533-4 C0093